插图本

弄堂里的白马

王安忆 —— 著

李清月 —— 绘

人民文学出版社

图书在版编目（ＣＩＰ）数据

弄堂里的白马 / 王安忆著；李清月绘 . -- 北京：
人民文学出版社, 2023
（大作家写给小读者）
ISBN 978-7-02-018049-3

Ⅰ . ①弄… Ⅱ . ①王… ②李… Ⅲ . ①短篇小说－小
说集－中国－当代 Ⅳ . ①I247.7

中国国家版本馆 CIP 数据核字 (2023) 第 103145 号

责任编辑　朱卫净　　杜玉花　　王雪纯
装帧设计　李　佳　李苗苗

出版发行　人民文学出版社
社　　址　北京市朝内大街 166 号
邮政编码　100705

印　　制　上海盛通时代印刷有限公司
经　　销　全国新华书店等

字　　数　24 千字
开　　本　890 毫米 ×1240 毫米　1/32
印　　张　2.75
版　　次　2023 年 8 月北京第 1 版
印　　次　2023 年 8 月第 1 次印刷

书　　号　978-7-02-018049-3
定　　价　35.00 元

如有印装质量问题，请与本社图书销售中心调换。电话：010-65233595

目　录

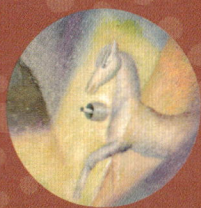

弄堂里的 白马

很久以前，弄堂里时常光顾一匹白马。城市里的居民一般对牲畜没什么经验，看不出这马的品种、年龄，只知道这是一匹母马，因为它来到弄堂是为兜售它的奶汁。从外形上看，这匹白马的骨架算得上高大，也许是对于小孩子的眼睛，而且还算得上健硕，这也是小孩子来自连环画和战斗电影的印象。这么说来，它就是一匹标准的白马。说是白马，却不是雪白的白，而是有些黄和枯，像某一种干草，事实上，城市居民对草也没多少见识的。总之，它不像听起来那么耀眼，反是暗淡的。但是，这才像是一匹真马。要知道，这是在弄堂，内外都是街道和房屋，还有熙来攘往的人和车，一匹白马，终究是有些神奇。

它不是定时地来到这里。一月内，一周内，一日内，不定什么时候，先是传来"叮叮"的铃声——那是它的主人，一个脸色严峻的北路人，拴在它脖子上的铃铛响，然后，就听见"嘚嘚"的马蹄铁敲在水门汀地面上，很清脆地过来了。小孩子，尤其是男孩子应声奔出门去，一下子纠结起一伙，向白马迎去。白马在小孩子的拥簇中，徐徐走来，每到一扇门前，就停下来。它的主人并不吆喝，只站着。白马呢，也站着，小孩子们则乘机与它亲近一下，摸摸它的鬃发。它的鬃发在前额上剪齐成刘海，加上脖子上的铃铛，这使它显得很稚气，像一个小姑娘。这一主一仆静静站立着，等待门里的人家决定要不要买一碗马奶尝尝。人和马都是矜持的。他们等一时，并没有什么动静，就再向前走。倘若有人从门里出来，买一碗马奶——这样的情形，概率大约是二十分之一，于是，北路人就从肩上卸下一个马扎，坐到马肚底下，开始挤奶。淡黄色的奶汁，并不汹涌，而是极细弱地，"刺刺"洒在买主的白瓷碗里，渐渐积起一层，又渐渐平了碗沿。然后，北路人起身收了马扎，继续走去。小孩子也恢复了活跃，

方才他们都静着。马的奶头，在北路人瘦长手指的揉搓下，长出来许多，很叫他们害怕，而且可怜。这时他们又高兴起来，拍着白马的身子，感觉到它的骨骼，随了走步的律动。手心里有一点暖意，从很深的深处传上来，是白马的体温。此时，白马似乎与小孩子有些熟稔，它冷不防扫一下尾巴，不轻不重在一个小孩子脸上抽一下，是和他嬉戏。

这条弄堂规模比较大，从临马路的大弄口进来，分向两侧，有平行十数条横弄。最底部的横弄则向一侧延伸，两边的房屋渐渐退出，换上两堵墙，形成一条狭道。白马走遍整条弄堂，最后走到弄底，从弄底的横弄走去，消失在狭道里。小孩子一般是在这里止了步，那条狭道被墙挟持着，难得有光线投入，有一种阴森的气氛。弄堂里的小孩子，一般不走入那条巷道，也不晓得是会引向什么地方。

关于这匹白马的身世，有各种各样的传说。依时间的顺序排列，最久远可推至嘉靖年。那时候，倭寇在海上活动猖獗，常有从吴淞口入黄浦江，上浦东过浦西，烧杀抢掠。其时，上海是县治，叫上海县，属松江府管辖，以此可见，还荒僻得很。但是朝廷专设了海防道，出兵抗击海上的侵犯，无奈总是胜少败多，无数官兵丧身对方的枪炮下。那小日本特别骁勇善战，江上过来，弃船登岸，一下子上了城墙，"哗"地铺满在民宅的楼顶，从连绵的屋瓦横扫过去，势不可挡。这一年，倭舟七艘，人不知鬼不觉突然入了吴淞口，海防金事董邦政亲自部署，安排神枪手潜在城墙残破处，上一个，射一个。敌寇死伤无数，却坚执不退，直至十八个日夜，终不能近前，只得在周边城郊扫荡一圈，呼啸而回。董邦政退敌成功却不敢大意，晓得事情没那么简单，那倭寇吃了一堑，必会变本加厉，所以更加防范。果不其然，不出一年，有一日，城下忽冒出几千倭寇，是从金山登陆，沿江岸而来，从陆路进逼。只见一骑白马，遥遥领先，犹如刀锋切入守城之阵，所到之处，立时血溅路开。上房越墙，无所阻碍。眼看敌寇如灌水一般直向城门灌去，千钧一发，海防兵陈瑞挥刀迎向马首，刀起头落，落的是一颗人头，白马早已偏过，绕陈瑞而去。陈瑞接住寇首，衔在口中，破入敌阵，敌寇大骇，乱了阵脚，掉头遁走。如同潮涨之来势，又如退潮之去势，转眼间风清日明，只是那一匹白马，神龙见首不见尾，再无踪影可寻。人们说，那白马当年从东门进城，从此就在沿江一带活动和繁衍，日月变迁，那卖乳的白马许就是它的后裔，因这弄堂正巧在旧城东门附近。那牵马人又是谁？是当年收留它的恩主的后人。按此说法，应是本地人才对，却为何是异乡客？对这样的疑问，也是有解释的。要知道，从宋元开始，吴淞江下游就有支流从城边经过，江上往来商船无数，江岸则成繁闹集市。到明永乐年，黄浦江疏通，更加畅行无阻，人和物在此交流集散，有过往的，亦有滞留的，于是，东西南北中，五方杂居。要这么说，这白马就是日本的白马了，说不定还是名骏之后，如今偷安一隅，沦为引车卖浆之流。

再近些，约百年上下吧，仲夏之日，有清兵数十骑来到上海县城下。其时，李闯王都已退出北京，外族人坐住大半天下，明王朝流亡过江，偏居南地，史称南明，实际已是苟延残喘。这一年里，就更替了两轮权力，年号从"弘光"改"隆武"，下一年再改"邵武"，显见得在做最后的蹦跶。清朝廷并不放他们在眼里，只数十骑人马，串门一般来了。这边呢，南明水师挨门挨户喊了倒有千把人，却都是居家百姓，趿了鞋，披了衣，或空着手，或肩一杆晾竿，说说笑笑，真就像迎亲戚来了。方出城门，只见对面举刀策马疾驰而来，还没搞清楚怎么回事，立刻哄散，有跳水的，有绕城奔走叫号的。可那清兵不过逗他们玩玩，呼啸一周，忽一反身，打道回府。有传说，乘骑并非悉数离去，就有自行突进城门，从此在城内游荡，先是野了性子，后又为人家养，卖乳的白马就是它们的子嗣，牵马人呢，亦就是旗人了。这样，人和马都归了汉。

又有一百八十年过去，到了清道光年间。这一回，来的是英国人了。英国人分水陆两路夹攻上海。陆上一路又分两支，一支是皇家炮兵分队，二支是英军炮兵马队，率工程队和地雷队，浩浩荡荡逼北门而来。到达门前，见无甚动静，英国人也没听说有"空城计"一说，推门，门不动，叫人，人不应，命一名小兵爬上城墙，好比翻邻家院墙偷瓜枣的。那小兵下了城墙，兀自打开城门，人骑着马，马载着炮，轰轰隆隆地进来。城里果然是空城，官兵们老早闻风而逃，踪影全无了。这地方开埠通商就像老早就做好了准备，时间早晚的事情。英国军队阶级很高，军马自然也是马里的上层。那马载着炮或载着人，从卵石路上碾过，马首几乎与黑色的瓦檐平齐，真是傲慢啊！此时上海还是个蛮荒地方，贼盗遍野，不晓得有多少盗马贼的眼睛盯着呢！就不相信它们一个不少全回去老家。那么，这匹小母马，和它们会不会有什么亲缘？

还有人说，咸丰三年，小刀会起义将领刘丽川，骑的就是一匹白马。这白马骁勇忠诚，有几回，刘丽川遣人向镇江南京，与太平军接头，都是委任白马载去，星月兼程，无往而不回。有一回，人坠马毙命，那白马独自回来，看城门的人也都认识，由它径直去找刘丽川。次年，清军和法军联手出兵，前应后合，将上海县城围得个铁桶一般。小刀会困在城内，先是粮尽，后宰牲畜，再是罗雀掘鼠，最终树皮草根，竟然坚守整一年。咸丰五年，将领们决议背水一战，置死地后生，兵分几路，从西门、北门、东门突围。刘丽川是西一路的，在虹桥遭遇清兵，激战而死。那白马腾空一跃，跃过遍地尸首，不知去向何方。牲畜都是念旧的，何况马这样有性灵的造物，不免是返回城内，循主人旧迹，随后渐渐潜入市井，做了马里面的隐士。

据称，南通大实业家张謇，在苏北地区开创通海垦牧公司，其中就当有马场。马是从北地引进的蒙古马，外形不怎么样，体质却结实，肌腱发达，经得起磨砺。后来垦牧公司亏损不补，终于倒闭，打发了人员，牛马则四散。想必会有随马迁徙来的蒙古人，留下几匹性子熟悉的种马，仗着几代养马的秘籍，开个小小的种马场。但是，这一番小小的雄心不过是将张謇的失败重演一遍。即便是生性粗糙的蒙古马，也难以适应南方温湿的气候，马草又不对胃口，不得已病的病，阉的阉，跑了的跑了。最后剩下这匹白马，随主人沿途卖乳，终来到上海。经过数次交配，早已血缘错综，白马和它祖先的形貌相距甚远，按适者生存的原则，也变了脾性，服了水土，它其实是一匹杂种马了。

或者，也不排除，它来自赛马总会。这就来到了十九世纪中期。赛马总会的马都是有谱系的，有名有姓，而且受过教育——在赛马学校受训，好比西点军校。这实在太绮靡了，声色犬马里的"马"字就是指的它。几乎一夜之间，海上生明月，这城市成了远东的巴黎。犹如一个梦，梦里的人都是忘了时间的，一百年就像一瞬间，忽然梦醒，却换了人间。新生的工农政权彻底取缔赛马，收回跑马场的土地，这些马呢？这些马里面的纨绔，在接踵而至的柴米生涯里，以什么为生计呢？要这么想，这匹弄堂里的白马就是落魄的，相比从前，如今几乎和乞讨差不多。大约身处历史的局部，并不自知，所以仿佛没什么怨艾，安详地挨家挨户走过，出卖它的乳。那牵马的北路人，黑瘦的刀条脸，也是看不出年纪和哀乐的，主仆共守着什么秘密，是他们的身世之谜？

在这些身世渊源的上等马之下，这城市曾经还有着许多苦作的马，拉人，拉货，蹄子在码头的石阶上打滑，吃主子的鞭子，为让它们出力，阉了它们的生殖器，春天不再发情，这么些微的牲畜的乐趣就也没有了……哪一个是白马的先人呢？

你要是看着白马的眼睛，很难不动容，那眼睛里藏着多少驯顺，驯顺它的命运。这眼睛的轮廓呈出平行四边形，因角与梢都是斜长的。双睑极深，覆着粗长的眼睫。瞳仁是褐色的，看进去，如同一眼深井，井底有个小小的人儿，就是你，你却不认得了。你看着你，就像今生看着前世。你也许还看见过白马的眼泪，一大颗一大颗地落地，噼啪作响。有时是北路人的粗手挤裂了奶头；有时候是脱落了马蹄铁，肉掌里扎进碎砖烂瓦和铁钉子；还有时候是生了搭背。它挺遭罪的，可都忍下了，从没见它起过反抗，也没见北路人对它有过温柔的表示。有善心的女人，摸着白马的脖子说：下一世投胎个人吧！可做人又怎么样，也没见北路人笑过，谁知道他在想什么。这人和马之间，看起来是冷淡的，也许却是至深也不定，因为都是同样的孤寂，是命运的同道。

偶尔地，千年难得，北路人发出"喔唏"一声，白马忽然迈开步子小跑起来，铃铛和马蹄声快了节奏，清泠地响起在弄堂里。马尾巴蓬松着，一扬起一伏下。腰和臀凸凹着，有一点妩媚，又有一点风骚。随了又一声"喔唏"，白马停下来，回到原先的步态，四周复又沉寂了。这时候，弄堂里无人，那北路人和白马也是因为无人，以为是他们的世界，才放纵了一下，其实呢，一扇后门里，有一双眼睛在看着呢！

这小孩子一直羞惭他不能得大人允许，买一碗马奶。尤其在这午后，北路人领着白马走遍了弄堂，也没召唤出来一个买主，小孩子们又都不知跑到哪里去了，这条庞大的弄堂此时出奇地清寂着。通常，这小孩子总是伙着别的小孩子一起和白马亲近，可现在只有他一个人，他又没有买乳的钱。他知道，事关白马的生计。他一个人躲在门后，西斜的太阳照在弄堂里，黄澄澄的光里面，没想到，窥见了这一幕，北路人和白马竟是活泼泼的。这一幕，稍纵即逝，简直惊艳。他们安静下来，走出横弄，铃铛和马蹄又恢复原先的节奏。小孩子悄悄掩门而出，尾随其后。他跟着马和人走出横弄，走上直弄，又转进后一条横弄。

夕阳将门扉染得通明，门后有隐约的笑语，可是，没有人出来，大约是因为过了喝奶的时间。偶有小孩子在弄堂，却埋头玩自己的新鲜的游戏。人和马兀自走在明晃晃的弄堂里，终于走完了所有的横弄，来到了弄底。

小孩子还是跟在后面，来到弄底的横弄。这条横弄更像是一条夹弄，比前边的横弄狭窄许多，所以也阴暗许多。两边楼房的格式也和前边不同，外墙上嵌着无数黑暗的窗户，一律沉寂着。水管盘桓，漏水洇透砖面，就有无数裂纹纠缠。

水管里忽有激荡而下的水声，表明里面有着人的居住和活动。两边的楼房越离越近，那夹弄越过越窄，头上是一线天，眼看就要合缝，楼房

陡然地断住，换成两面高墙，墙上有无名的茅草生长，在风中摇曳。北路人和白马走进高墙之下，就改并排为前后。人在前，马在后，小孩子在最后。脚下的水门汀先是变碎石路，接着又变泥地，马蹄声便也轻悄下来，铃铛自个儿叮叮着。小孩子等待白马回一回头，可是没有，白马和北路人一直向前，走到狭巷尽头。那里有一扇破烂的木门，门框胡乱嵌在破砖里，有光进到狭巷里，像是谁家天井里的光，这里的弄堂巷道都是四通八达。白马随北路人走过木门，有那么一瞬，镶在了那一块光里边，然后，头也不回地走了出去。时间大约在上世纪五十年代中。

黑黑白白

一

　　一弯月牙儿挂在树梢，显得它很近，又显得
树很高。阿金昂起头望望树梢，两手抱住树干，
"嗖嗖"地上了树，像是要去摘那月牙儿。不，
阿金压根儿没去想那月亮，他眼睛盯着树旁的围
墙，还伸手去够它。够到了，扒住了，一个翻身，
只听得"咚"的一声，人就翻到墙里头了。

墙里边是阿金他们班级的小园地，种着玉米、蚕豆、向日葵，还种着各色各样的花。在这红花绿叶中，有一座奶油色的小房子。在月光下看，这里就好像是一处童话的世界。

阿金蹑手蹑脚地摸到小房子跟前，伸手就去开门。他把手伸进去，一会儿，便揪出白茸茸的一团；再一会儿，又揪出黑茸茸的一团。啊，是两只小兔子，瞧，它们睁开眼了，那是红宝石一样的眼睛。

阿金高高地提起小兔子，对着它们恶狠狠地龇了龇牙。今天，就是为了你们，害得我阿金……有什么了不起的？不就是在豁嘴上抹了点辣椒油吗？想到辣椒油，阿金忍不住"嘿"的一声乐了。

真是，那兔子抹了一嘴辣椒油，又吐舌头又眨巴眼，乱蹦乱跳，着了火似的，真有意思！可是同桌小岚一看到活蹦乱跳的兔子，"呜"的一声哭了，引来了全班同学，他们那大惊小怪的样儿，就好像阿金杀了一个人。中队委周明还揪住阿金沾着辣椒油的手，硬往阿金嘴里送："你尝尝，别客气！"最后，老师又把阿金叫到办公室，狠狠地批评了一顿。阿金真不明白，这有啥可批评的。不是测验不及格，也不是打架骂人。可老师就有那么多的话好说：又是没有同情心，又是残酷。还联系起阿金玩"热锅上的蚂蚁"，用烧红的铁丝刺麻雀眼睛。阿金又不明白了：蚂蚁、麻雀、兔子，又不是人，"残酷"什么呢？像小岚他们才叫滑稽呢！给兔子起个名儿：黑黑、白白。他家隔壁的小孩，就叫白白。阿金觉得实在委屈，就对老师分辩了："它们都是畜生，有什么残酷不残酷？"老师说："那么你对人呢？上次你把毛毛虫放到小岚辫子上，这是什么行为？……"他越想越生气，在回家的路上，就想好了报仇的计划。当他一想到明天，他们发现兔子失踪，会慌得像嘴上抹了辣椒油的兔子，阿金又乐了。

阿金把兔子放在随身带来的破篮子里，拴上绳子，利利索索地顺着树爬下来了。

他走到弄堂口，从铁门后忽地蹿出一个人，夺走了篮子。是邻居阿三，他是中学生，比阿金还胆大，还会玩儿。上次他不知从哪儿弄来一条小狗，在它尾巴上拴了一挂鞭炮，吓得小狗满弄堂跑。满弄堂的"噼里啪啦"声，吓得那些老太太小孩满弄堂地躲。不过这会儿，他有点生气，阿三把他吓了一大跳。阿金气呼呼地去夺篮子，可阿三把篮子拎高了，往里一瞅："哟，兔子！兔子肉香，杀兔子更有味儿，靠'摔'！阿金，你是养还是吃？"

这倒把阿金问愣了。说实在的，他只想着要报仇，还没思量怎么安顿它俩呢，说了声："随便。"

阿三一听"随便"，立刻做主了，连时间地点都安排妥了："明天晚上到我家干吧！"

阿金点了点头。

二

阿金今天起晚了，于是他加快了一切工作的速度。结果，毛衣套反了；衬衫袖子缩在里面不见了；牙膏挤落在地上；洗脸盆里扔进了擦脚巾；稀饭溢在煤气灶上。阿金慌慌张张地在厨房里奔来奔去，一脚把扣在木盆上的篮子踢翻了，从木盆里一下子竖起四只毛茸茸的耳朵。他感到什么东西轻轻碰着他的腿。一低头，见木盆里露出一只白茸茸的兔爪爪，向他伸着，好像在讨东西吃。他随手在地上拾起几片烂菜帮子，送到木盆边上。白茸茸的爪子轻轻地试探性地碰碰，然后就伸出一张白白的三瓣嘴，又伸出一张黑黑的三瓣嘴，

两张嘴一动一动吃起来了。阿金看着看着，也咽了口唾沫，这才发觉自己该吃早饭了。他赶紧从煤气灶上去端锅，只听"当"的一声，自鸣钟打了七点半。来不及了，阿金放下锅，放好了兔子，拎起书包就跑。

他刚跑进教室，就听见女生们叽叽喳喳乱叫唤，像捅了麻雀窝：一会儿要报告老师，一会儿要报告派出所。男生们大声说："镇静！镇静！"可他们一点不镇静，奔来奔去，像热锅上的蚂蚁。阿金想笑，又不敢，只好死命咬紧嘴唇，结果从鼻子里发出"哧哧"的声音。这时他听到周明说："一定是咱们班上的人偷的，外边的人怎么知道我们有兔子？"

教室里安静下来，大家你看看我，我看看你，忽然都害怕起来，谁也不说话了。有人回头望了阿金一眼，阿金定住神，瞪起眼珠子："有什么好看？"

"看看不可以？你别心虚呀！"周明尖刻地说。

阿金梗起了脖子："就不让看，就不让看！"

"就看就看就看！"周明使劲睁大眼睛，睁得额上鼓起三道抬头纹。

这时，小岚在一边自言自语地说："黑黑白白哪儿去了？它们有没有胡萝卜吃啊！"周明不响了，阿金忽然也感到很没劲，刚才那报仇得逞的高兴劲儿，不知道跑到哪儿去了。

三

阿金的脚步声一响，黑黑白白就在木盆里动起来。他揭开篮子，两只兔子直往他怀里钻。"咦，它们认识我了！"阿金好奇地想。黑黑扒住阿金的肩膀立起来，伸出舌头在他脸上舔来舔去。白白却出其不意地啃住了阿金的手指头。阿金"哎哟"了一声，这才想起它们还一天没吃饭呢。阿金赶紧站起身，去找妈妈的菜篮子。黑黑白白紧紧跟在他后面，白白还咬住他的鞋带。"嘿！跟住我了。"阿金很得意，故意在厨房里走了两圈。黑黑白白缠着他，害得他不敢抬腿，好像拖着两团棉花球。他找到菜篮子，只翻出几片菜帮子，不知为什么，阿金叹了口气。

黑黑白白急不可待地吃着，粉红色的小舌头一吐一吐，甜甜地咂着嘴。吃着吃着抬起红眼珠望望阿金。阿金笑了，他伸出两个手指弹了弹那毛茸茸的长耳朵。

忽然，他后脑勺被什么弹了一下。是阿三来了。

阿三一手抓住白白，一手抓住黑黑往阿金怀里一塞，说："走！"

阿金蹲着没动弹，忽然没头没脑地冒了一句："不去，我不爱吃兔子肉。"

阿三的两只小眼睛好像能穿透阿金的心，他慢吞吞地说："啊，我知道了，你害怕。哼！男子汉大丈夫，怎么像个小姑娘。"

"你才是小姑娘呢。"阿金像弹簧一样跳了起来，从阿三手里搂过黑黑、白白。黑黑白白长长软软的耳朵擦着阿金的脸蛋，痒痒的挺舒服。阿金忽然想到，等一会儿阿三要"摔"它们，是揪着这对耳朵摔吗？阿金犹豫了。

"怎么啦？"阿三回过头来，"舍不得啦？小气鬼，别忘了，上次我请你吃狗肉呢！"

"你才是小气鬼呢！谁说不去了？"

阿三家的厨房里，煤气炉上坐着一个特号钢精锅，满满的一锅水，瓮声瓮气地哼起来，翻着水花，腾起大团大团的白气，把个厨房遮得雾气蒙蒙。阿金想起他曾把一杯开水洒在手上，起了一个个大泡。这一大锅开水，要浇到黑黑白白身上，那……他不敢想下去了。

阿三里里外外地忙着，一会儿拿碗，一会儿拿盘，最后拿来一把菜刀。"你拿刀干吗？"阿金紧张地问。

"万一摔不死，还得靠这玩意儿。"他拿起刀来使劲地磨着，发出一种叫人牙根发酸的声音。

阿金想起妈妈讲过：牛听到磨刀声会掉眼泪；羊听到磨刀声会叫"妈妈"。那么兔子呢？看！黑黑白白在发抖。真的，索索地抖个不住。忽然，阿金大嚷一声："我不吃兔子肉！"推开门抱着兔子就跑了。

阿金一口气跑回家，他大口大口地喘着气，好半天才平静下来。低头一看，黑黑白白已经在他怀里睡着了，它们的胸脯有节奏地一弹一弹，是心在跳。

他觉得无论被阿三怎么看不起，可是换来了这两颗心的跳动，值得。他感到又轻松又幸福，好像扔掉了一样十分可怕、十分讨厌的东西，又好像捡到了一样十分珍贵、十分难得的宝贝。他紧紧抱着黑黑白白，久久不愿放下。

四

阿金走进教室，同学们都聚在周明位子上，头碰头在商量啥。一见阿金进来，就朝他转过身，默默地看着他。阿金装作看不见，径直朝自己座

位走去。

周明走过来，一个字一个字地说："黑黑白白在哪里？"

阿金脸涨红了："不知道！不知道！我不知道！"

周明镇静地说："不知道就不知道，嚷什么？急什么？脸红什么？"

"上办公室去！"几个男生不由分说地上来拉阿金。阿金踢着脚挣扎着。无奈他们人多，已经被拖到门口了。这时候，小岚正好走进教室，一见这情形，惊慌地叫了起来："别拉他！"

"他偷兔子，就拉他。"一个男生说。

"一定是他偷的。咱们班上只有他不参加养

兔子，只有他恨兔子。他给兔子抹辣椒油，咱们批评他，他就报复。"周明分析得有条有理。

小岚惶惑了，她没有那么充足的理由反驳周明。可她仍然固执地说："阿金就是调皮捣蛋，不会偷兔子的，不会报复的。他没那么坏。"

"你也太好了！"周明讽刺地说。

这句话阿金倒也同意了。小岚的心肠是好！她对兔子都那么好，对人就更好了。他不由得感激地看了小岚一眼。

就在这时候，他心里暗暗决定了一个计划。

放学了，阿金急急忙忙地跑出学校，直往小菜场奔去，菜场已经停止营业，只留下一地的菜皮。他转出菜场又去自由市场跑了一圈，也没看到他要的东西。有个老头对他说："卖完了，明天早上有。"阿金一跺脚，明天，哪有明天啊！今天晚上就要……唉！妈妈早上给买早点的五分钱，在手心里都捏出汗了。阿金走到马路拐弯处，忽然眼睛一亮——那不是？金黄黄、红艳艳、又鲜又嫩的胡萝卜。阿金奔过去，挑了最大最红的两根胡萝卜。他要请黑黑白白美美地吃一顿，也算是送它们了。想到要送走它们，阿金心里隐隐地难受，他舍不得离开它们。可再一想小岚那牵肠挂肚的模样，同学们那着急伤心的模样……阿金的心肠这两天不知怎么变软了。

他一手擎着胡萝卜走进厨房，急不可耐地叫着："黑黑白白，黑黑白白！"向木盆奔去。可是木盆里空空的，什么也没有。黑黑白白呢？哪儿去啦？阿金张皇地又叫了声："黑黑白白——"他的声音在空空荡荡的厨房里听起来，显得十分可怜。阿金扔下胡萝卜，满厨房地找起来。搬开坛坛罐罐，挪开桌子板凳，也没有黑黑白白。在靠门口的地上，只见撒落了一些黑黑白白的绒毛。是谁抓它们的？只有阿三才会。啊，阿三！周明说，小偷往往是最了解情况的人，最了解情况的是阿三，而且他老是想吃……阿金不敢想下去了，他站起身就跑出门，向隔壁弄堂跑去。

阿三家的门关得紧紧的，阿金用拳头拼命地擂，没人出来开门。阿金冲着门缝往里瞧：一锅咕嘟咕嘟翻气泡的开水，一把明晃晃的菜刀，还有地上白茸茸的一团，黑茸茸的一团……阿金耳朵里"轰"的一声响，血液一下子涌上了头顶，眼泪扑簌簌地流了出来。

五

黑黑白白没有了，阿金也像丢了魂似的，书也看不下去，话也不愿说。

第二天早上，阿金拖着脚步走到学校，见走廊上有几个同班同学向教室奔去，边跑边说："快！黑黑白白来了。"

黑黑白白！阿金的精神一下子提起来了。它们跑回来了？啊！它们没死？也许它们迷了路，

也许……不管怎样，反正它们回来了。它们受苦了吗？挨饿了吗？这一连串的念头在阿金脑子里闪电般闪过，他的心剧烈跳动起来，拔腿就朝教室跑。冲进教室，只见讲台上蹲着白茸茸的一团，黑茸茸的一团。阿金声音颤抖地叫道："黑黑白白！"

周明把他挡住了："你没带辣椒油吧？"

阿金咬紧牙齿，想揍周明一拳，可是他没动，他知道自己没权利和黑黑白白玩，他连根胡萝卜都没给它们吃过。然而他忍不住要抬起眼睛看它们。咦！阿金不由得用手揉了揉眼，黑黑白白变了，变小了，小了好多。白白，有点发黄；黑黑，有点发灰。阿金疑惑地抬起头望望小岚。

小岚说："这是老师托人从乡下带来的。为了纪念丢失了的黑黑白白，也叫它俩黑黑白白。"

周明拉住阿金的手，恳切地说："你真不知道黑黑白白在哪儿吗？要是它们在，咱们就有一个兔子家了。"阿金没说话，从周明手中抽出手，背转身，默默地向门口走去。

黑黑白白来了，原来的轮流值日表又开始循环周转起来。可是怪了，每天早上值日生都发现：兔房子已经打扫干净，有时，小门旁边还放着两根又红又鲜的胡萝卜。究竟是谁做的呢？到了第五天，轮到周明和小岚值班，他们天不亮就来了，躲在小房子后那一排红花绿树中，窥探着静悄悄的兔房子。

黑黑白白

天越来越亮了，可月亮还伸着疲倦得发白的脸儿，不肯走开，好像要和他们一起弄个明白，又好像要告诉他们这里的秘密。

小园地的篱笆门开了，走进一个男生，是阿金。阿金拿起扫帚，利利索索地扫干净地。然后轻轻地打开门，伸手抱出黑黑白白，搂在怀里，掏出两根鲜嫩的胡萝卜，递到它俩嘴边。黑黑白白有滋有味地吃起来，香甜地"呷"着嘴。阿金轻轻抚摸着它们长长的毛，轻轻扯开它们打起结的绒毛。

周明看看小岚，小岚也看看周明。他们忍不住一步跨出去，异口同声地叫："阿金！"阿金惊慌失措地站了起来，结结巴巴地说："我……

我没抹辣椒油。"

是的，黑黑白白在啃胡萝卜，又鲜又嫩的胡萝卜。周明说："我冤枉你了，你原谅我吧。"

阿金摇摇头。周明以为他不肯原谅，睁大眼睛诚心诚意地说："我不知道你也喜欢它们，我就怀疑你，我错了！"

阿金喉咙口哽了一团东西，咽了半天，才哑着嗓子说："那黑黑白白是……"

小岚轻轻地说："你喜欢它们，就参加养兔组好了。"

阿金没说话，他的肩膀抽动起来，大颗大颗的泪珠滚了下来，落在黑黑白白身上。

谁是未来的中队长

离上课只有几分钟的时间了，"新闻部长"季小苏走进教室，用他小姑娘似的尖嗓子高声说："'新华社'最新消息：初一年级马上要恢复建立少年先锋队组织了，后天就选举中队长。"同学们一下子闹了起来，纷纷议论着该选谁。我跳上椅子，举起两只胳膊，说："我选李铁锚！"

　　季小苏挤到我身旁，放低声音，神秘地说："我估计，张莎莎当选的可能性是百分之九十。"

"为什么？"我问。

"五分钟之前，我见张莎莎又走进了教师办公室，立正，稍息，'报——告——'"他意味深长地笑了一笑，不说了。

这时，有人拍了一下我的腿。我低头一看，正是张莎莎。她仰起脑袋，瞪着我说："椅子上只能坐人，怎么能站人？"说完，低下了头，脑后两个刷把辫便朝天竖了起来。我这才发现我的一只脚踏在她的椅子上。"老师就要来了，快坐好！"

同学们都回到自己的座位上去了。季小苏学着外国电影里人们常做的那样，耸耸肩膀，也走开了。

　　我赶紧从椅子上跳下。我知道，要是再晚一分钟下来，张莎莎就又要"报告老师"了。唉，和她同桌，我可吃够了她的苦头。她动不动就要报告老师。为什么老是要报告老师呢？有人说她是为我们好，为我们哪点好，我可不明白。

　　上课了，王老师走进了教室，可我还在想选举中队长的事。李铁锚坐在我前面，极力伸长脖子，他听课时总是这样。他的头发剃得难看极了，两旁光光的，头顶上却有一簇头发直直地竖着。这都是为了我们班上的明明和伟伟的缘故。

　　这双胞胎兄弟长得一模一样，又矮又白又胖，一点儿不像中学生，在我们中间，就好像是谁家带来的小弟弟。不过我们都挺喜欢他们。他们很老实，说话也和气，总是笑眯眯的。可是初三有个留级生，叫刘阿庆，看他们个子小，又老实，就老是欺负他们。看见他俩在前面走，他会上去一手抓住一个人的头发，往中间砰地碰一下。那次，他把双胞胎拉进一间空教室，一定要他们每人叫他一声"爷叔"，否则，就要请他们吃"生活"。新闻部长季小苏首先得到这个消息，便跑来找我们。铁锚一听，二话不说，拔腿就往那儿跑。教室里下了锁，我们拼命敲门，把手都敲疼了，刘阿庆就是不开。我们又绕到窗口去推窗户，刘阿庆还是不理睬。铁锚敲得急了，一使劲儿，不好，玻璃"叭"一声落到地上，摔了个粉碎。大家愣住了。阿庆见闯了祸，又看我们人多，赶

紧开了门溜之大吉。双胞胎得救了，可是玻璃窗碎了。铁锚掏出他妈妈给他理发的钱配了玻璃，自己只好到弄堂口的老头那儿去剃头。这老头只收一毛钱，只会推光头，就这样，铁锚的头变成这么个怪模样了。后来，他还被张莎莎告了一状，说他打碎了玻璃窗，是"闹而优则仕"的流毒的表现。老师了解了情况，说铁锚帮助同学是对的，可是太自作主张，应该报告老师。老师哪里知道，当时的情况有多么紧急，来不及多考虑了呀！

我正望着铁锚的后脑勺出神，突然感到有人捅了捅我的背脊。我会意，连忙把背在身后的手抬高，又摊开了巴掌。接着，有一样东西轻轻地放在我的手上。我握紧拳头，慢慢缩回手，微微侧过身，挡住张莎莎。

是一张纸条，上面写着："拥护铁锚当选！"下面有季小苏、双胞胎他们五六个人的草体签名。我不由得激动起来，原来他们也和我一个心思呀。

我正高兴，猛听得身边发出了一个尖尖的声音说："报告老师，季小苏和王华上课传纸条。"这个张莎莎，也不知她的感觉怎么会那么灵敏，好像在我们周围布下了一道电网，碰上一点点，就有反应。王老师皱皱眉头，把纸条拿去了，没看，往兜里一放说："放了学到办公室里来。"说完又继续上课了。

我气极了，回头看看季小苏，他正对着张莎莎的脑袋耸着拳头。我们恨她。她这样做，只会增添我们对她的气愤，而且使我们更加热烈地拥护铁锚。

放学后，老师临时接到一个会议通知，就对我和季小苏说："你们回去吧，明天再谈。"

回到家，上早班的爸爸妈妈都在家了。爸爸正在大声说他们厂里的事。爸爸就是这样，妈妈说他厂里打碎一块玻璃窗他都要回家宣讲，所以他们厂里的事我全知道。

爸爸眉飞色舞地说："我们厂里有这么个人，'四人帮'横行时，他向上汇报谁光干活不写批判稿，谁埋头拉车子；现在，他向上汇报谁干活不卖力，谁光讲空头政治了……他当上车间主任就是靠'汇报'上去的，什么汇报，打小报告……"

我听了，情不自禁地冲到爸爸跟前说："这个人像我们学校里的张莎莎，像死了，太像了！"

爸爸一愣，随即把我拨到一边，说："去去！莎莎是个好孩子，要不是她，你英文还会不及格呢！"

"是铁锚帮助我的。"我大声说。

爸爸根本不听我的，又大声讲起他的事来了：

"……这种人怎么能当车间主任？……"

我转身走开了。

我英语成绩有进步，人家都以为是张莎莎的功劳，可我心里最清楚，她除了"报告"，什么也没做。比如说，那时候，有一次外语课上，我在下面做飞机模型，这当然不好。那时我不喜欢英语，舌头不灵活，发音不准，更怕写那些歪歪扭扭的 ABC，而这架飞机模型我可喜欢了，是最新式最现代化的。不幸的是，又让张莎莎发觉了，她又马上报告了老师。我吓坏了，要是外语老师把飞机模型没收了，可怎么办！

外语老师是新老师，很年轻。她听了张莎莎的报告，向我走过来了。看样子，她准是要来没收了。我紧张得握紧拳头，手心潮乎乎的。

可是，突然，不知道怎么一来，我放在椅子外侧的飞机模型不见了。我扭头看看地上，也没有。它到哪儿去啦？难道说，飞啦？结果老师并不想没收我的飞机模型，只叫我下课后去办公室谈话。我一身冷汗地坐了下来，脑子里跳进一个念头：

有人在掩护我！是谁?

我从办公室里出来，被人一把抓住了，定睛一看，是铁锚。他手里拿着我的飞机模型。啊，原来是他，我的好朋友，我眼睛都有点湿了。我激动地扑上去，可他收回了手，说："想要吗? 你得发誓，一定把英语赶上去。否则，我当场把它砸了。"说着，他把飞机模型高高地举了起来，真想往下砸呢。

我急了，大声喊："我发誓，我发誓，可英文我不会呀！"

他放下胳膊："发誓就好，不会我教你。"

从此，我的英文成绩就一步步提高了。老师表扬了我，还表扬了张莎莎，说是她帮助我、督

促我。我真想把事情全说出来，可我又不敢，我怕老师说铁锚包庇我。

我真不懂，难道说，做一个好学生，就该像张莎莎那样老是报告老师？为什么爱报告老师的人，谁都说她好，还总是让她当干部？据说，张莎莎从幼儿园到小学，到中学，一直是小干部，组长、班长、队长，各式各样的"长"。她凭啥？就凭她的"报告老师"？不行，这次中队长一定不能让她当。我心里忽然一亮，闪过一个念头。这个念头几乎使我大叫起来，我一下子跳起来，冲出门去。

背后传来爸爸的说话声："民主选举，我就不选他……"哈！我可不管他选谁，反正我要选铁锚。

我一口气跑到铁锚家里，正好，季小苏和双胞胎也在。我气喘吁吁地说："同学们，我有办法了，一定能让铁锚当上中队长！"季小苏一脸不相信地瞧着我，他老是说我有勇无谋，现在，我将要用事实推翻他下的结论。

我兴奋地说："你们说，张莎莎凭什么老是当干部？就凭她报告老师，老师就说她依靠老师，尊重老师，对不对？"

明明和伟伟点点头。

"老师常说铁锚别的都好，就是太自说自话，喜欢自作主张。对不对？"

双胞胎使劲点点头，季小苏也注意地看着

我了。

我更加起劲地接下去说："那么，叫李铁锚也去汇报好了。拿什么去报告一下老师，还不容易！她能报告，我们也能报告！铁锚，你也报告！"

"报告什么呢？"明明问。

"是呀，拿谁去汇报呢？"伟伟也问。

"拿我去报告好了，就说我什么什么不好！"我挺起胸说。

"这不行。"铁锚为难了。

"这有什么不好？"我问。

"不好。"铁锚想了一会儿，又说，"算了，我不想当中队长。让她当吧，她喜欢当，当惯了，让她当好了。"

我们都急了，抢着说："不能让她当，不能。"

"这样的事，我不干。"铁锚态度非常坚决，"当然，我们应该帮助老师了解同学的优缺点。但为了让老师喜欢你，把发现同学的缺点当作自己的功劳，这样的事我一辈子也不想干。谁有缺点，我们可以互相督促帮助嘛！"

我们很失望，因为我们知道铁锚的决心是很难扭转的。没有办法，我们只能后退一步，要他在这当口千万不能再自说自话，轻举妄动了，要和我们密切配合。

第二天早上，已经打过预备铃了，"新闻部长"季小苏又报告了一件最新消息：张莎莎申请参加班上的乒乓组了。多稀奇，她又不喜欢打乒乓，有时候，体育课打乒乓，每个人都要打，她也只会开"老太婆球"。所以，她一直不是乒乓组组员。可是别的小组，她都参加了。什么围棋组、朗诵组，还都是她负责的；只有乒乓组由铁锚负责。我们说好了，下午都去看乒乓组练球，看看她到底要干什么。

可是刚下课，我和季小苏就被王老师叫去了，我们就又想起昨天的倒霉事来。刚在办公室站定，门就开了，张莎莎进来说："报告老师，严鸿鸿不好好排队，破坏秩序。"老师皱了皱眉头，说："我知道了，你去维持一下，我就去。"我和季小苏对看了一眼：真奇怪，每次乒乓组活动都好好的，她一去，就有人破坏了。

老师从备课本里拿出我们的纸条，说："你们要选铁锚当中队长？"

原以为老师要骂我们呢，没想到老师会这样问。我们又对看了一眼。我脱口而出："对，不过你肯定要我们选张莎莎。"说完了，我吐了吐舌头。

"为什么？说说理由。"老师望着我。他没有生气。

我胆大了，说："你喜欢张莎莎。她随便什么绿豆芝麻的事都要来向你报告。全班都被她报告过，好像没一个好人，就她好。所以，你当然喜欢她了。"

门又开了，进来的还是张莎莎。她说："老师，乒乓组练球是摆擂台的打法，谁打得好谁摆大王。我想应该轮流打，最好重新组织一下。"

王老师皱皱眉头，说："张莎莎，你和大家说，尽量照顾打得差的同学，让他们多练练。"

我对季小苏扮了个鬼脸，他耸耸肩膀。

老师又转回正题；"李铁锚呢？有人反映他自高自大，遇事爱自己出头，心目中没有老师，对同学们的进步关心也不够。"

"造谣！"我气愤地大叫起来，"造谣！季小苏，你怎么不说话？你哑啦？铁锚并不是那么一个人！王老师，这一定是张莎莎报告你的。她自己才爱出风头。我爸爸厂里就有这么一个人……"我气得要命，大声说着。

季小苏也抢着开口了："老师，我们可都喜欢铁锚呢，他只是遇到什么事有时考虑不周到，有点鲁莽。不过，他对同学倒是非常关心的，王华的外语，就是他帮助补上去的，我这次体育能够及格，也是他帮的忙。"

我从来没有像今天那样佩服季小苏的口才。他很镇静，说得太好了。我又气冲冲地说："张莎莎就会报告老师，可一点儿不帮助我。我功课有了点进步，就算是她的功劳了？她有什么'功'？报告的'功'！"

门又开了，这下开得很猛，"砰"的一声响。张莎莎慌慌忙忙地闯了进来，刷把辫都松了。她说："报告老师，铁锚打人，和刘阿庆打架了……"

　　王老师立即站起身来，我们更是急不可耐地冲在老师前面。这个铁锚，他怎么在这当口上打架！我们向乒乓室奔去，老远，就从乒乓室窗口看见铁锚那头发直竖的脑袋了。他好像摔倒了，又爬了起来。

　　等我们跑进乒乓室时，"战斗"已经结束。刘阿庆不见了。铁锚流着鼻血，伟伟帮他提着书包，明明用棉花球替他擦着鼻血。老师走到他跟前问："你们为什么打架？"

　　莎莎紧跟着说："你应该告诉老师，不应该跟他打架。"

　　铁锚轻蔑地看了她一眼，没回答。

　　"到底为了什么？"老师又问。

伟伟和明明抢着说起来："刚才，初三的刘阿庆来捣乱，在乒乓桌旁走来走去，还伸腿绊人。铁锚要他走，他不走；张莎莎说：'我告诉老师去！'他说：'去吧，去吧，赶快去吧！'说着，索性爬上乒乓台躺下了。铁锚上去拉他，两个人就扭成了一团……"

谁不知道，刘阿庆是个全校出名的流氓习气很严重的学生，凭着他身高力气大，常常欺侮人。

王老师转过身对铁锚说："那么，你就这样先动手打他？"

"我承认我先上去拉他，但我不想打他。他老以为现在还是'四人帮'那时候呢，我可得警告警告他！"

"你就是不依靠老师……"张莎莎又插嘴说。

王老师不响。他上去看了看铁锚流血的鼻子。

铁锚让开了，低着头，用一只脚尖使劲碾着地，似乎想在地上钻出一个洞来。

"王老师，铁锚跟刘阿庆打架不好，他知道错了，原谅他吧！"伟伟仰起头，小声说。

"他知道错了！王老师，算了！"明明也说。

我和季小苏没敢作声，只是一个劲儿地低着头，好像是我们自己跟人打架似的。

王老师转过身，望望我们，说："好吧，以后再说。王华，季小苏，你们俩陪铁锚到医务室去吧。"

王老师回身走了，张莎莎跟了上去，说："王老师，我这就去告诉他们初三的老师！"

我担心地看着季小苏，轻声问："你说王老师会同意铁锚当中队长吗？"

"很难估计。"季小苏沉思着说。

从医务室出来，我就回家了。

我一脚跨进门，只见爸爸手里挥舞着锅铲，对着切菜的妈妈又大声讲着他们那个什么车间主任。

"要民主选举了，这几天，他可忙坏了，一个劲儿地往办公室跑。他以为靠汇报还能给他保住车间主任呢！……"

我真想问问爸爸，这个车间主任是不是姓张？他和张莎莎会不会是一家人？

可我没问，现在我没这个心思。明天就要开中队会了，我真想早一点知道，张莎莎和李铁锚，究竟谁是我们未来的中队长……